DÉSIGNATION

ÉTOFFES

TAPISSERIES, TAPIS

1 — Quatre feuilles de paravent, en broderie de soie au passé, offrant des rinceaux feuillagés des bouquets de fleurs et des touffes de plumes, sur un fond de perles blanches Epoque Louis XIV.

2 — Tapis en satin vieil or, orné d'une broderie de soie, à fleurs, bordure à rinceaux fleuronnés.

3 — Panneau orné d'une broderie à rinceaux feuillagés, sur un fond de soie vert d'eau XVIIe siècle.

4 — Petit tapis en satin vieil or, broderie d'argent à fleurs.

5 — Bandeau en soie rouge brodée de soie et chenille à fleurs palmettes et festons. Epoque Louis XIV.

6 — Deux coiffures anciennes de la Suisse, en broderie d'or, et ornées de perles et de pierres de couleur.

7 — Deux bourses anciennes en tricot de fil d'or et de soie à armoiries et scènes de chasse.

8 — Six bonnets anciens en drap d'or et d'argent, brodés à fleurs et ornés de paillettes et de pierres de couleur.

9 — Petit tapis offrant au centre une croix de Malte en broderie d'or, entourage à fleurs et rinceaux, en broderie de soie.

10 — Enveloppe de coussin à reflets changeants vert et rose, ornée d'une fine broderie au passé à bouquets de roses et jasmins et guirlandes de roses, époque Louis XVI.

11 — Feuille d'écran en damas de soie vieil or, broderie de soie, à rinceaux fleuris. Epoque Louis XIV.

12 — Gilet en soie vieil or, orné d'une broderie de soie à fleurs, et rinceaux en broderie d'argent.

13 — Bandeau en broderie de soie et d'or à fleurs et arabesques sur un fond d'étamine, travail oriental.

14 — Echarpe orientale, ornée d'une riche broderie d'or et de soie à rosaces et arabesques.

15 — Deux bandes de satin rouge, broderie de soie et chenille à fleurs et palmettes au milieu de rinceaux.

16 — Grand bandeau en broderie de laine et soie à jetées de fleurs et fleurs au milieu d'un enroulement de rinceaux.

17 — Habit en soie verte brodée d'or et de soie à fleurs et feuillages.

18 — Robe slave en soie bleue, dessin tissé d'or.

19 — Belle chasuble et voile en satin crème, broché d'or et de soie, à sujets chinois. Epoque Louis XV.

20 — Panneau en soie broché à chinois dans des paysages.

21 — Deux morceaux de soie rouge brochée d'or et de soie, à bouquets de fleurs au milieu de guirlandes.

22 — Deux morceaux de soierie rouge, brochée de soie à fleurs et guirlandes.

23 — Grand morceau de soierie fond violacé broché de soie à feuilles et fleurs XVIe siècle.

24 — Panneau tissé d'or à carrelages fleuris.

25 — Grand morceau de satin broché à arbustes ruines et fleurs. XVIIIe siècle.

26 — Chasuble en soie crème broché d'or et de soie à fleurs au milieu d'entrelacs. Epoque Louis XV.

27 — Chasuble, deux napperons et un voile en dauphine brodée d'or et de soie à bouquets de fleurs et entrelacs. Epoque Louis XV.

28 — Grand lambrequin en drap d'or, broché de soie à bouquets de fleurs.

29 — Partie d'un manteau de cour en drap d'or dessin en relief à semis de fleurettes.

30 — Chape en satin crème à rayures brochée soie et chenille à fleurs et entrelacs. Epoque Louis XVI.

31 — Grand panneau en soie crème brochée à grosses fleurs sur un fond chevronné XVIIIe siècle.

32 — Devant de robe en dauphine broché d'or et de soie à bouquets et guirlandes de fleurs au milieu d'entrelacs.

33 — Petit tablier en soie rouge brochée et lamée d'or et de rose, à fleurs et feuillages.

34 — Tapis en drap d'or broché à bouquets de fleurs et de fraises.

35 — Petit manteau de cour en satin vieux rose broché d'or à fleurs et feuillages et orné de galons.

36 — Grand panneau en soie vieux rose à rayures, brochée à guirlandes et semis de fleurettes. Epoque Louis XVI.

37 — Grand lambrequin en damas de soie fond vieux rose dessin à fleurs à grands ramages.

38 — Panneau en soie brochée d'or et de soie à bouquets de fleurettes au milieu d'entrelacs.

39 — Petit tapis en satin broché de soie et chenille, à bouquets de fleurs, bordure à galons dorés.

40 — Panneau en soie crème brochée soie et or, à grosses fleurs sur un fond chevronné.

41 — Panneau étroit en soie prune brochée à fleurs de pavots.

42 — Petit tapis en soie fond noir brochée à bouquets et guirlandes de fleurs.

43 à 57 — Suite de vingt-quatre voiles de calices en soie brochée de différentes nuances. Epoque XVIIIe siècle.

58 — Voile de calice en soie brochée semis de roses sur un fond à rayures lamées d'or.

59 — Voile de calice brodé au chenille à fleurs de pavots, bordure en dentelle d'or.

60 — Panneau en ancienne tapisserie de Chine offrant au centre un volatile au milieu de rinceaux et feuillages.

61 — Panneau en ancienne tapisserie de Chine à feuillages et arabesques, parties tissées d'or.

62 — Suite de fragments d'anciennes tapisseries cophtes renfermées dans trois panneaux sous verre.

63 — Suite de onze fragments d'anciennes tapisseries égyptiennes.

64 — Suite de six fragments d'anciennes tapisseries égyptiennes.

65 — Trois portières en ancienne tapisserie, verdure et à personnages.

66-68 — Suite de six fragments d'ancienne tapisserie verdure à volatiles et à personnages.

69 — Petit panneau étroit en ancienne tapisserie verdure et à volatiles.

70 — Dessus de calice en parchemin, orné de peinture à fleurs et volutes, à rehauts d'or et offrant au centre une tête de la Vierge, bordure en dentelle d'or XVIe siècle.

71 — Deux carnets anciens en soie brodée d'argent et de soie, à fleurs et arabesques.

72 — Paire de rideaux en ancien damas jaune.

73 — Deux châles en cachemire de l'Inde.

74 — Trois carpettes orientales à dessins variés.

PORCELAINES, FAIENCES

75 — Paire de grands vases à collerettes en porcelaine du Japon, décor de cavaliers et de personnages; fond rouge et or à réserves de fleurs.

76 — Jardinière en porcelaine à figures d'amours pêcheurs.

77 — Paire de vases en porcelaine décorée ornés d'oiseaux en biscuit.

78 — Coupe en ancienne faïence espagnole.

79 — Deux petits vases en ancienne faïence de Delft de forme octogonale et côtelée, décor à branchages fleuris, volatiles et jardinières dans le goût chinois.

80 — Flambeau en verre de Venise.

81 — Boîte ovale avec couvercle et compartiments à l'intérieur en ancienne porcelaine de l'Inde, décor à fleurs.

82 — Cuvette à anses ajourées en porcelaine de Chine, décor vert et rouge.

83 — Plateau quatre verres et carafe en verre opaque, décor émaillé bords dorés, vieux Vienne.

84 — Corbeille à anses en ancienne faïence de Marseille avec plateau, décor imitant la vannerie, époque Louis XV.

85 — Grande tasse et assiette en ancienne porcelaine de Saxe décor à fleurs.

86 — Deux petites tasses avec soucoupes en ancienne porcelaine de l'Inde, décor à fleurs bordure rose.

87 — Six assiettes en porcelaine de Sèvres décor à semis de fleurs bordures dorées.

88 — Paire de flambeaux en bronze formés par une statuette d'enfant tenant une branche à deux lumières en bronze doré, sur socles.

89 — Beurrier en vieux Delft avec plateau et couvercle décor bleu.

90 — Beurrier en vieux Delft décor bleu.

IVOIRES, BOIS SCULPTES

BRONZES, OBJETS DIVERS

91 — Beau Christ en ivoire sculpté de l'école de Strasbourg du XVIe siècle, croix en bois noir, cadre en bois sculpté et doré.

92 — Grande plaquette ancienne en ivoire sculpté, représentant Saint-Joseph tenant l'Enfant-Jésus, entourage à rinceaux ajourés, le haut à brûle-parfums enguirlandés.

93 — Beau groupe en noyer sculpté représentant Sainte-Anne faisant lire la Sainte Vierge, XVIe siècle.

94 — Grille de porte en fer forgé offrant des vestiges d'or et d'argent, dessin à rosaces.

95 — Quatre fragments de boiserie d'autel en bois sculpté et doré montants à consoles feuillagées surmontées de grappes de raisins.

96-99 — Dix-neuf panneaux anciens en bois sculpté.

100 — Statuette d'enfant en bois sculpté.

101 — Reliquaire gothique en bronze et orné d'émaux à figures de saints, le haut surmonté d'une croix, les côtés à clochetons.

102 — Lustre en bronze ciselé et doré à dix-huit lumières, modèle à rocailles fleuronnées.

103 — Deux chapiteaux en bois sculpté et doré.

104 — Deux flambeaux d'autel en bois sculpté et doré, époque Louis XIV.

105 — Deux cartouches en bois sculpté.

106 — Arbalète ancienne à rouet.

107 — Pendule en bronze doré, époque Ier Empire.

108 — Pot en faïence de Rouen à décor bleu couvercle en étain.

109 — Trois veilleuses en cuivre.

OBJETS DE VITRINE

110 — Grande boîte ronde en racine de bois, couvercle orné d'une grisaille amour pleurant près d'un mausolée, intérieur en écaille, époque Ier Empire.

111 — Bonbonnière ronde en ivoire, couvercle orné d'une miniature en grisaille représentant une orientale.

112 — Deux petites boîtes rondes en ivoire couvercle orné de fleurs en relief et de dessins pailletés, sous verre. Epoque Louis XVI.

113 — Petit plateau rond en bronze ciselé et gravé, offrant au centre et au marli Ferdinand III à cheval.

114 — Petite cafetière du Ier Empire en argent uni, posant sur trois pieds, goulot à tête de bélier.

115 — Tasse et soucoupe en vermeil ciselé à palmettes dessin gravé, à animaux fantastiques. Epoque Ier Empire.

116 — Coiffure russe en filigrane argenté.

117 — Croix Normande en or ajouré à rinceaux et enrichie de rosaces en strass.

118 — Petite croix Normande en or ciselé, et enrichie de cailloux du Rhin.

119 à 120 — Deux Saint Esprit en or ciselé et ornés de strass.

121 — Bague ancienne en or enrichie de pierres de couleurs.

122 — Grand peigne du Ier Empire en argent doré et orné de perles facetées en corail.

123 — Peigne en argent le haut orné de boules en forme d'olives.

124 — Agrafe de manteau en argent gravé et ajouré.

125 à 128 — Suite de huit liseuses en argent ciselé faites avec des anciens crochets de trousses.

129 — Trois coques de montres dont une en argent et deux en cuivre ciselé et doré.

130 — Agrafe de manteau formée par deux anciennes pièces de monnaie en argent Louis XV et Louis XVI.

131 — Pièce de monnaie Louis XV montée en broche.

132 — Grande pièce en argent de la République de 1793.

133 à 134 — Six écus de six livres, Louis XIV, Louis XV et Louis XVI.

135 — Deux grandes pièces de monnaie d'argent Espagnole et Hollandaise.

136 — Jeton ancien en argent.

137 à 138 — Huit écus de trois livres Louis XIV et Louis XV.

139 — Quatre pièces de monnaie Louis XIII.

140 — Dix jetons anciens en argent.

141 — Quatre pièces de monnaie anciennes en argent.

142 — Plaque byzantine en cuivre gravé offrant des Saints sous un portique et ornée d'émaux champlevés.

143 — Christ byzantin en bronze et orné d'émaux.

144 — Deux bustes de Saints en bronze doré et émaillés travail byzantin.

145 — Couvercle de ciboire en cuivre doré, surmonté d'un groupe de deux anges.

146 — Miniature sur velin représentant Saint-Nicolas.

MEUBLES

147 — Bahut en bois sculpté ouvrant à deux portes décorées d'écussons et de mascarons, montants à palmes.

148 - Buffet à deux corps en bois sculpté formant crédence, travail breton.

149 — Secrétaire Louis XVI en bois de rose.

150 — Glace d'époque Louis XVI.

151 — Huche en noyer sculpté.

152 — Table en bois sculpté travail breton.

153 — Canapé et deux fauteuils en noyer sculpté, garnis en étoffe brochée fond havane.

154 — Fauteuil en bois sculpté peint noir garni en ancien damas. Epoque Louis XVI.

155 — Fauteuil en bois sculpté peint blanc couvert en ancien damas. Epoque Louis XVI.

156 — Deux portes de pannetières en bois sculpté et ajouré à couronnes suspendues à des nœuds de rubans. Epoque Louis XVI.

157 — Porte-missel en acajou sculpté et ajouré. Epoque Louis XVI.

TABLEAUX

158 — FERROT. *Fleurs et Prunes.*

159 — GUITARD. *Roses de France.* Pastel.

160 — JAUZION (Aline). *Portrait d'enfant tenant des fruits.*

161 — ECOLE FRANCAISE. *Portrait de vieille femme coiffée d'un bonnet.* Pastel.

162 — ECOLE FRANCAISE. *Portrait de dame noble.*

613 — ECOLE ITALIENNE. *Sainte-Catherine.*

164 — ECOLE MODERNE. *Portrait d'enfant.* Pastel.

165 — ECOLE MODERNE. *Fruits.* Deux pendants.

166 — Gravure : *Sujet mythologique.*

167 — Seize gravures anciennes encadrées.

168 — Objets omis.

RED. :

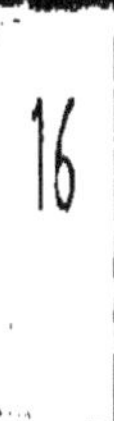
16

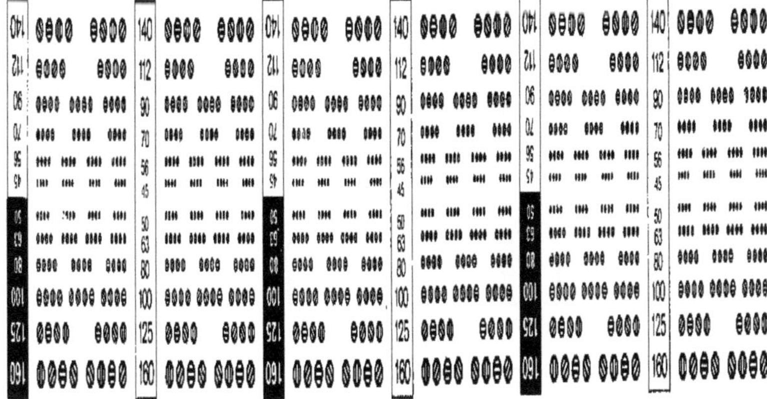

0 1 2 3 4 5 6 7 8 9 10

BIBLIOTHEQUE NATIONALE DE FRANCE

****

CHATEAU DE SABLE

1996

www.ingramcontent.com/pod-product-compliance
Ingram Content Group UK Ltd.
Pitfield, Milton Keynes, MK11 3LW, UK
UKHW020235180726
13838UKWH00005B/2396

9 782329 320021